JN162805

踝(くるぶし)になみだ

秋葉　澪

市井社

五行歌集

踝（くるぶし）になみだ

まえがき

カラダのあちこちに目が付いてきました。

一九九七年『恋の五行歌』の文庫本を友人宅で目に留め手にした時、よかったら書いて出してみての言葉に乗り、帰りの飛行機内で突き動かされるように一五首程書いて到着空港のポストに投函したことをてのひらが覚えています。〜てのひらに目が付いたみたいに。

あれから詠めば詠むほど、感じることと思うこととの出だしは身体のいろんな所から発生するものだなぁと思うようになりました。

振り返ると五行歌は生活の栞になっています。その時は何気なく書いたウタも、考えて煮詰まって書いたウタも、その歌ごとにその時の自分が思い出されます。今回、かるたの絵札のごとく一枚一首ずつのウタをばら撒いて過去の私に再会しました。今の自分がかつての自分を辿れるのは、脳に胸に五感が付けた足跡だから…。


本を編むとはよくいったもので、断片を時系列に並べるとそれは「見つめ直し」作業になりました。

滑稽ばかりで他者を楽しませるにも届かない道化師人生だと自認しながら…。

凸凹の編み目を整えたい気持ちから今一度ちゃんと私の内側を片付けておきたい気持ちが生まれました。

十八歳親元を離れる時に書いていた

今までは
生まれただけ
これからは
生きるのだ
活きていくのだ

偶然にも五行歌！　を見つけ、これに則ったはずの目はでたらめだとハッとして、舌の根も乾かぬうちに周りに編み目の不揃いを大目にみてもらおうと思ったので、こんな目もあるならと笑っていただけたら幸いです。

五行歌のおかげで出会うことが出来た方々の後押しで、活かされてきたと感じています。

この一冊を編むために、草壁焰太主宰をはじめ、三好叙子副主宰、蛇夢さん、しづくさん、石崎甘雨さん、髙橋文夫さんにご尽力頂き心から感謝申し上げます。
そしてこの本と目を合わせてくださった方ありがとうございます。

秋葉　澪

二〇一五年　秋の入口にて

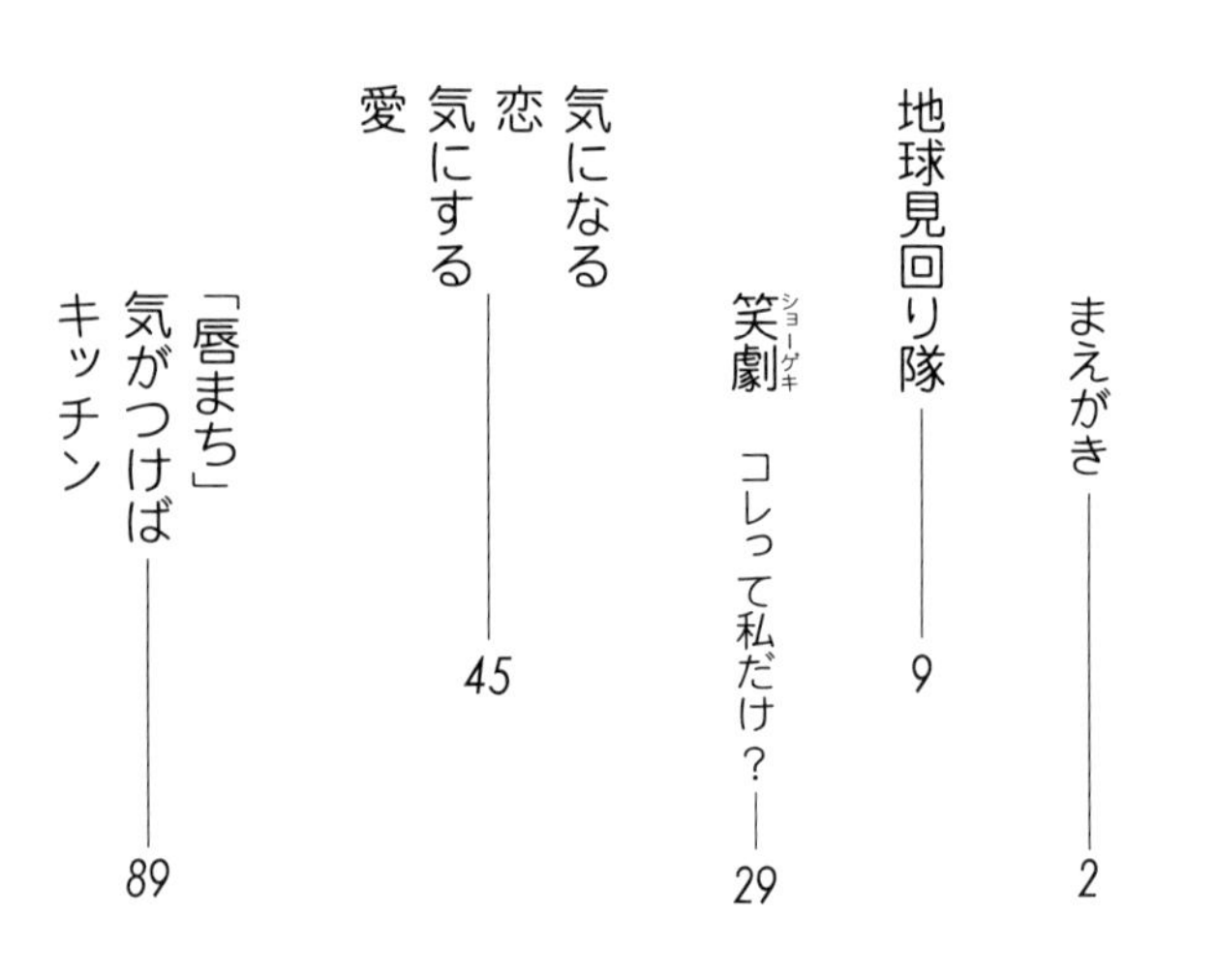

目次

カバーデザイン

題字　石崎甘雨

装画

装丁　しづく

地球見回り隊

まだかな
まだかなって
風の縫い目に
つぼみたち
ほころぶ

春に手招き
水栽培のヒヤシンス
見つめると背伸び
光と立ち話
窓辺の日めくり

波しぶきの先端が
シュワッと
集まったみたいな
生しらす
海からの春予報

菜の花と
さくらのデュエット
傍らを歩くと
まぶたは
蝶々になった気分

はにかみながら
手をつないでいるみたい
芝桜の絨毯
足元でこそこそ
ないしょ話

ゆらゆら
風にくすぐられながら
こでまり
首を傾げたまま
次の風と待ち合わせ

グー
チョキ
パー
と
綻ぶ若葉

大きな羽根が
胸のオールになる
並ぶ白い風車のほかに
何もない
風に招かれる丘

発色絢爛
威風堂々の牡丹
その細い首には
重いはず
なのに上向きで

月下美人
咲く電報のよう
一夜限りの
気迫
白光る白

空の濃い青
草原の緑
ここに在りの夏
足の甲にくっきりと
太陽がスタンプ

ちょうど外に出た途端
まるで掃除機で雲撤収
鳥の影
ゆらん
地面に横切った

ＢＧＭは水の音
杉木立の天然クーラー
わたしの他にお客様は
蝶々、とんぼ、小鳥
「森のテラス」名前通りの店

たわむ
満開の百日紅
そこだけ
サーモンピンクの
風の束

枝を離れて
水面（みなも）でふたたび
くれないの息づかい
もみじ
一葉

指先、つま先
くちびるに
乾燥予報
かさかさと
秋からの手紙

鍵盤から湧き出る
リストの調べに
ホールは
耳まで浸かる
音浴槽

シャリシャリ
カサコソ
落ち葉の並木道
靴底で食む
秋

花や野菜が
育つには
水やりと
肥料
あるじの足音

笑劇（ショーゲキ）　コレって私だけ？

夕暮れの水撒き
涼風に吹かれて
あちこちの夕餉
う〜んいいにおい
焦げ臭？うちだぁァ〜

雪山でもないのに
凍傷になり
灰と雪降る中
ぎっくり腰
笑うしかない漫画チック

掃除済ませ
座ったら
届いたメール
翻るカーテン
散らかる平常心

進化する胃カメラ
今度は鼻から
痛みの正体みせられて
やっつけながら
別の痛みがお土産に

秋の闇は深いよ
足を動かせば沈む一方
ズボッと転倒、落葉溜り
匍匐前進で這い上がる
たぬきの罠に落ちた！なんてことよ

じわっと
お尻からつま先へと
からだを散歩していく熱
出してる顔をなでる風
砂蒸し風呂で植物疑似体験？

ドライブ中、田んぼ作業の人
同時に出た一言
「なつかしいね」
所変わっても
似た風景は居た風景

うっぷん晴らすには
友と
モザイクなしの会話一時間
スルト
やる気チャージ

風邪をひいたと
電話で聞いたら
うつってしまった
こんなとこで
気が合ってもねぇ〜

冷めたら
温め直すにも
程良い加減が難しい
過ぎると硬くなって
愛も肉まんもカチカチ

「一生のお願い」で
大抵のこと叶えてる人
「誕生日まで我慢する」で
欲しいもの手に入れてる子
おねだり上手は天性かなぁ

集めるのが好きという人
お皿にわずかに
残った分をまとめながら
バストもAカップがいいと
本日のなるほど

ファミレス族
ユニクロ族
街なかは
見知らぬ人と
どこかお揃い

首筋に
いつまでも
残り香ならぬ
残り蚊の痕
蘇りのかゆみ

気になる
恋
気にする
愛

あなたに
呼ばれた
名前
輝きを纏って
この胸に着地

男と女の
機微だんご
からめるも
焦げるも
隠し味

そっと
肌に
ふれると
気持ちに
さわれるよ

山ほどの
いいたいこと
のみこんで
君の胸に
あたまグリグリ

青空
無風
ムゴンなのに賑やか
胸の中
瞳の中

好きな人に呼び出された
階段の踊り場
いきなりの壁ドン
初めてのキスと思いきや
「ゆうじとつきあってやれ」

男子の
ワイシャツの腕まくり
十秒のドラマ
そのチラ魅せ
女子よりセクシー

グリグリ
なすり付けたくなる
言葉の染み
浮き出て全身斑点
スキすき模様

諦めの根
期待の発芽
チグハグ矛盾
「会いたかった」
たった一言で実になってる

コート一枚
傘代わりに
ふたりで被れば
にわかカップル
照れ笑い

サイドミラーは
動画絵葉書
空・雲・山
ときどき君が
視線の行方気にしてる

降りる手前
タクシー後部座席で
触れた小指
絡めて点る
去りがたさ

視線が刺さる目を閉じていても
く ち び る
中指
熱になぞられる輪郭
窓のない部屋で

別れの場面で
視線の
止まり木になっている
ガーベラ一輪の
緊張

恋愛は
なまもの
結婚は
缶詰
ってとこあるよな

そこを動くな
今行くから
あぁ醍醐味
年月を経ても
湯気立つ秘蔵句

さもついでにみせかけて
手渡す差し入れ
会いたい一心
三分のために
三時間前から準備して

影ある人に
惹かれてた
日向のにおいの人に
ダイブして
影までこんがり天日干し

一年に一度しか
みられない景色の中
「来年も来よう」
声が蛍に照らされて
未来散り場面

「家がよろこんでる」と
あなたは言った
根拠のない直感
冴えて思いついた
この家が私の入れ物

ふたりで来たね
はるばる晴れ晴れ
額に入れたい時間
胸に飾って
またふたりで来よう

休みの日
どこ行く？と
問いかけてくれる時の
夫がスキ
掴む優越感のしっぽ

理由をきくと
秘密と返す夫
おいてきぼりは
思わせぶり
また気を引く作戦だな

夫がくれた旅行券
全国大会用にって
イケダンの風評
ばらまいてこよっと
来年もイケる布石

見たいテレビも我慢して
話しかけても返事もせず
黙々と削っていたのは刻印
ウグッと押された
しらんぷり式夫の祝い方

オバサンになった
と　いうくせに
高校生が着そうな服
プレゼントする夫
これってびみょ〜

やっとふたりきりに
なれたね
生活圏外にはしゃぐ
のは私だけ
夫は先ずテレビ

一回目、しかめっつら
二回目、渋々立ちあがる
三回目は、逆切れ
との賭けになる
動かん人

バレてからの
後付けいいわけが
使い込み以上に
いまいましいの
黙認妻にはなれません

朝から諍いの日
帰宅時にコンビニスイーツ
夫式　反省機嫌取り
一旦落着パターン
一件落着ではないょなぁ

妻はレジ袋貰わず五円節約
夫はタクシーで五十円
お釣りはいいです、と
今日も釣り合わない
損得シーソー

眺めていたいのは
闇の蛍で
ガラス越しの夜景は
孤独感という夫
チェッ　ロマンチック未遂

「俺のことわかってきたな」
って表彰状だ
プロポーズの続きみたい
ひそかに並べよう

理解全集

熱弁ふるえます
一時間講演だって
出来ちゃいます
食べることに無関心な夫について
困ったもんで

面倒くさい時
返事の数が増える夫
嘘のハイだね
判定出す妻
そして繰り返す同じやりとり

トンボを
人差し指に留まらせて
得意げな君を
霧立ちこめる高原の
まんなかに置いて和む

繰り返しの引っ越しで
また増えた
開かずの箱
「俺の物」
動くタイムカプセルね

怒った顔で
土下座すればいいかという
恋人なら当分会わない
家庭内だから謝り倒す
溶けない飴玉また一粒理不尽

あなたの第一夫人はテレビね
こよなく愛す
人生相談に芸能情報
テレビのリモコン
握りしめてうたた寝

おまえと居て
何の得があるのか
返す言葉がなかった
今なら思いつく
独特って（独得かな？）

提案して賛成される
以上に
君に言い出されると
嬉しさの二乗
行きたいトコ覚えててくれた！

どんなギフトより
その手で
わたしをラッピング
後ろから包まれたら
こころが抱かれるから

「唇まち」気がつけばキッチン

湯気と
しどけない脱力で
昼待ち
チキンライスの上の
トロトロ卵

緑がパッと
冴える
弾ける
スナップエンドウ
料理のブローチになる

麺つゆみたい
二倍濃縮
コドク濃度
希薄の空き部屋
あるといいのに、体内に

雪国ならでは
待ってた春の息吹たち
うど、ほん菜、こごみ
毎食箸が進む進む
目も口も緑の小躍り

小松菜　わさび菜　菜の花
菜のつく野菜
光の服をはおってる
湯をくぐり
眩しい緑パッと咲かせる

塩は
野菜を肉を
起こし上手
素材によって
塩だめし〜♪

茹でたじゃがいもを
潰しながら
ポテトサラダにするか
コロッケにするか
どちらにでもなれる通過点

あるもの何でも
刻んで刻んで
スープベースは
野菜の綱引き
ひきわけがいい味

ぎゅうぎゅう詰めの
おしくらまんじゅう
時間をかけてほぐれて
ロールキャベツは
連帯感で味を着る

恋して鼻歌まじり
野菜のカタチに
果物の色に
五感スイング
スキップハートょん

鍋の中は
苦味と甘味の紛争
仲裁役はお酒
金柑甘露煮は
皮を主役にする一品

白黒砂糖に五時間
馴染んだら
ポリフェノール起こし
じっくりほぐれておくれ
大晦日の重鎮黒豆よ

鰹節を削り
だしをとる
真夜中の台所で
心の時計を動かし
合わせる明日の帳尻

瞳から
舌に
菜の花は
目覚めの使い
余韻ほろ苦く

マーブルな時間

仄白い
繭の中に居るよう
雨が
記憶を
紐解いていく

閉じた瞳の裏の
景色を抱いて
古くなるほど
美しくなる
モノの命

あと五年で
「平成」も「昭和」の半分
今を暮らす人々の目に
懐かしさ新しさは
マーブル模様

仕事や恋の
卒業は
ひとりだけ
日付だけの卒業証書
後にあぶりだしで来たりして

砂時計の
時間の粒
アールグレイに移って
過去三分の時間が
ティカップに漂う

蛇行するよう
拡がるよう
魚を棲まわす
心の河に
一匹、二匹

使命には
命が宿っている
与えられたつとめを
全うする人は
光を羽織っている

漂う二本のテープ
これまで　と
コレカラ
交互に捻じって
今をみつめよう

もしも
あくびが
踝からあがってきたら
身体の軸が
すっきりする気がスル

思い出の場所が変わってしまったと
掠めた声
なつかしい声
風鈴の音に
振り向くような一瞬

時間に
心に
色がつくのは
互いの反応が
躍動している時

かろうじて
沈まない
溺れないのは
分母に水分
通分で潤いになるから

ピエロの泪の
水溜りは
もう会えない人を
写しては消える
シャボン玉

全て孕むためと
耐えてきた
痛みのお釣り
両替できませんか
明日咲く蕾に

雨のカーテンに隠れて
泪するピエロ
衣装の水玉は
雨粒の跡とは
誰も知らない

両方はなかった
彼女の選択
母になるか
妻になるか
物差しは心の安定だったと

年輪の折り合いと
融通のきかない
丈夫さを
魅せる縞模様の
小倉織

「座って」を促す
一枚の葉書
一杯の紅茶と
一息の時間も
載せて届く

はにかみの輪郭で
桃
うぶ毛も
滴る雫も
くちびるにしどけなくて

落ちていくほど
熟れて膨らむ
秋の夕日
空がこぼした色を
瞳で吸っている

人間たちの
浮遊する言葉の
シャボン玉を
くぐって色づく蝶が
ほら、息の先に

ここに納まってる
番号付きのさなぎは
ヴェーンブわたし
ひらひら外へ
頁という蝶になって

暮らしの木

今は
隠し味の
仕込み時
人生、具だくさん
ひと柄スープ

気持ちの間取りで
胸に
もうひと部屋
そこには
すきなものだけ置く

自分のことのように
泣いてくれた人が
いたから
平気なふりした私
他人事のように

どんどん
会いたくなって
だんだん大きな字になって
はみ出した
しりきれとんぼの葉書

黙ったまま
ただ肩を抱いてくれたら
傷ついてる時
それだけでいい
それだけがいい

見えない縄とび
ぐるぐる巻きの拘束
かといって自由もまた
エアー縄跳び
跳びっぱなしもねぇ

いちばん近くにいる人と
笑いあえること
それを叶えることなく
他所で笑っても
どこか虚しい

わたしの我慢は
他者の我慢に
支えられて
減っているということ
気付き進行形にキープしなきゃ

表が汚れたら
裏返して
ふきあげて
真黒になった雑巾
洗って干す時の清々しさ

他人事みたいに
分析して
なってないぞワタシ
と咎め
掃除にかかる

声の住所を
選べるなら
風が運ぶ
におい袋の
この場所に

声を
掬ってくれることは
気持ちを
救って
くれること

誰から見ても
いいひとを
目指すと
どうでもいいひとに
なるのかもしれぬ

内側を
照らすのは
静かな気迫
薪ストーブの
炎のような

誰にも言えない
誰かに言いたい
家庭の事情
解決策出なくても
話したら放した気になる

敵わないよ
無邪気
無造作
無頓着
キマッテル人

悲しみは
薄れていくけど
一緒に笑ったことは
あとで濃くなって
心の見張りをしてくれる

もうこんな時間
食事もせず
用事もあったのに
一日中掃除をしていた
あなたを叩いた翌日

行き届かなくて
というひとの家の
床の艶
謙遜のこころがけも
眩しい

姿なき旋回
あの世から
鳴きしきる
不意のほととぎす
魂おとす

はらっても
はらっても
同じ場所に
蜘蛛の巣
位置を換えない悩みみたい

先入観も
警戒心も
ジェットコースターみたいに
吹き飛ぶ燃料は
興味満タン

目まぐるしさに
目新しさ
見慣れぬ背景に
句読点のような
月

ナビメモリーには
自宅が五か所
十年の軌跡
車はもうひとつの家だった
思い出のつづらを放る

土壇場までバタバタして
自分時刻に針を合わせる
新幹線さくらの車中
九か月ぶりの
エプロンをしない日

今、この人と
登りたい
親しみの坂
その人ごとに訪れる
連絡過密期　頻度ウレシく

カバー曲で
昔流行った歌の
よさをしみじみ
歌詞の意味が
よーくわかるお年頃です。

時間の
しりきれトンボに
手を振ったら
てのひらに
行き交う次の約束

黄昏の店で
今日目が合ったのは
秋刀魚と
大輪の百合
ほんとは両方欲しかったけど

封を開けると
時間も頂く
手紙は
そのひとを想って
たたまれた空気の層

繰り返すうちに
固まっていくのかな
ゲル状の私
らしさ建築中
設計図は空中

右向けば
ヒヤシンス
左向くと苺
キッチンは小春通り
香の交差点

サンタに扮した
爺はサンダル履き
三歳のもえちゃん
「サンタさんて裸足なんだね〜
靴下とかえっこなんだね」

カブトムシの死骸を
てのひらにのせて
埋めたら種になるといいのに
五歳のかずくん
はじめての無念

見え隠れするハーフムーン
車窓から目が離せない
三歳のかほちゃん
お月さまずっとついてきてるね
家にあがるかな？

桜島を鏡に土地に根付いた
西郷隆盛の
人生しりとりは
やっせんぼ
ぼっけもん

※やっせんぼ…弱虫
※ぼっけもん…大胆なひと

生まれ育った家に
さよならと言って
玄関ドア閉める音と父の声に
人生の別れを感じた
引っ越しの朝

手首の火傷より
てのひらの傷は
消えるのがはやい
絶えず使う部位だから
皆勤の報酬

帯締めを
結んで正す背
姿見に映し
たまには
背中で語りたいなんて

綺麗な人は
表面的で一瞬ハッと
滲み出る内面で魅せる
妖艶な人は
振り返りたくさせる

体力温存の
薪をくべなくては
このままでは
現地で
空炊きになってしまう

花屋さん
と
ケーキ屋さん
は
彩り小箱

ふさぎかけたら
植木鉢ひとつずつ覗く
ジャスミン　ポトス
新しい葉っぱ見つけて
顔をあげる

カーテン翻し
風が届けた
迷いカナブン
無下にできず
私もじっとしてる

樹齢 300 年のブナの樹（photo by TAKAHASHI Fumio）

地球と共演

景色に
手を振って
四季に
タクト振って
地球と共演

海か
空かが
わからない
夜のデッキ
境界線を去来する飛び魚

六五〇年
自然同士の契り
海辺の松は
天女に
腕をさしだしたまま

※三保の松原

風の軍団が来た
空を剥がして
地面を捲って
一晩中唸ってる
…雪の兆し

トンネルをぬけるたび
日常も脱げる
♪鬼さんこちら
積もってるほうへ♪
雪景色どんどん絵になるぅ

ゲリラ豪雨のあと
暗闇に
小さな夕焼け
パックリ
空、只今オペ中みたいに

あっまた噴火
新燃岳？　桜島？
もはや
山の咳払い
のようなもの

どのひともマスクして
パニック映画の
エキストラみたい
巻き上げる火山灰のもと
天気も何も一日中夕暮れ

忽然と
絵葉書そのものの桜島
入道雲と競う噴煙
かつて絵日記に描いた景色だ
旅行者の心地で仰ぐ

日本最南端長崎鼻
地図の縁（フチ）を歩く
ここは私の宿った地
人生のページ
はためく

手を伸ばしたら
消えた
瞼の裏に
私だけに見える
花

だから白いワンピースで来た
裏切らなかった青
白い砂浜のまえに
青と白だけで瞳満たす
沖縄の海

水面に映る灯り
宙に浮かぶ灯り
ろうそくに留まる灯り
眠りの瞼にも灯る
ランタン祭り

ただ受け止めて
その面は
空を向いて
たゆまない
海

喜ぶ土ふまず
上りのリフトで
ぶらり〜ん
下りはスーパースライダーで
風をあてて

介護は
メリーゴーランド

母が大事にしている
古ぼけた洗濯かご
壊れても壊れても
捨てないのは
相棒なのかもしれない

とめどなく
滝のように話す父
想いの灯りに照らされて
いつの間にか
夕間暮れ

倒れる前に煮上がった
母の金時豆を
一粒一粒
泣きながら
食べる

あ行からはじめよう
あわてない
あせらない
あきらめない
あかるく居ないとね

我慢の上だと
しあわせは滑り台
我慢の先なら
回る回る
メリーゴーランド

ピンクの花柄パジャマ
咲いたばかりの花
覚醒を促す
私の作戦
もっと目を開けたくなりますように

「あんたにはわからないんだ」と父
親としてより
夫婦の歴史の重み
このひとことに
黙るしかなく

役割チェンジに
挑む
母の母になる
看ることは
諦めないこと

からくり時計の
中で暮らしてるみたい
同じ景色
同じ登場人物
黙ってせっせと時報係

オモシロ半分
介護も
夫婦も
切羽詰まっている時ほど
おどけて茶化して（笑）を

追いかけっこだ
辛い思いしたら
その分楽しいこと
つりあうように
はんぶんずっこ

病気がさせてる
ポーカーフェイス
母に
「奥さん」と呼ばれて
いちねん

今日はケーキつきだよ！
ならべた途端
目を輝かせる母
本人の誕生日と気づかない
たまには食事療法休んで気持療法

どんな時も
畑が気がかりで
荒れることは
己が荒むことだという
父の砦

「目を開けて、口を開けて」
この声かけだけに
毎日通うリハビリは
根気訓練
私も鍛えられている

時間がない　と
一日でなく
一生に当てはめて言う親
もはや口癖
気持ちカレンダー年中師走

カーテン洗って窓磨き
整体行って
休日は暮れる
やっつけ自分ケア
ハウスとボディ

三年がかりで取り戻した
杖歩行と
言える単語
ふたたびふりだしの母
可哀想と父が泣く

同じような経験者と
話すと分かりあえる
深さがちがうね～
彼女の声をお茶に浮かべて
気付けにする

気が重い
削がれた気に
活力授かる
外からの気力は
誰かに気にかけられること

只今介護奮闘中
気が気じゃないけど
気を散らして
気を取り直して
毎日気力祭り

ピンと張ってない
布の上を巾を定めず
運針している
母の言葉は
半返し縫い

脳内が
飛び出す絵本みたい
未使用ブブンの
トレーニングで
言葉を思い出す母

動物は今だけを生きる
人間は過去と未来の
ミックスジュースに
今を注いで
生きている

見る言葉

文字発見伝

小さな　って
先に行くバネを秘めている
きっと
もっと
ずっとって遠く迄

陽の響き
「覚えてる」
陰の響き
「忘れない」
ことばの影法師

忘れない　は
過去へ
覚えてる　は
未来へ
リバーシブルの記憶の梯子

「扉をひらくのよ
明日が入ってくるから」
赤毛のアンのセリフが
背を押してから
次々開けた扉、だったけど

秘密は
引き出しの奥に
内緒は
手前に
くすぐられる響きして

進行形のまま
蓋をしているのだ
残念て
念が残っているんだ
今も心にあるということだ

恋は墜ちるもの
別れは
落ちてくるもの
だったのね
遠く春雷

強いと
聞くと硬いけど
強かだと
しなやかに通じる
しなりを持つ

こころもよう

愛を
奏でる
意識を耕そう
今日は
誕生日

髪をバッサリ切って
新しい財布にして
旅に出た
迎えてくれる人のいる
初めての風景

大事なものをつめる
リュックを
今一度背負い直して
空いた手で
しっかり抱いてみたいもの

無視は
数秒の仮死
視線は
数秒の高揚
心の目の行いだから

待てよ
疑われてムカついて?
それとも
やましくて?
どっちでキレたのだろう

喜怒哀楽の
怒と哀溶かす
微笑みマドラー
混ぜるほど
ぶくぶく気楽の泡

正しいか
まちがってるか
なんて考えない
ただ琴線にふれればと
はたらきかけていた

降ろせない荷なら
軽く感じる持ち方を
私なりのコツを
みつけるのだ
あたかも透明荷になるまで

それでも
笑顔がみえれば
払拭される
心に空気が入る
ため息は深呼吸になる

つつぬけだった
シマッタ
苛立ち丸出し
何食わぬ顔の
お面も間に合わず

日記は自分対峙
心理の帳簿
囚われない人になろう
〜と　日記には
書いておこう

手間をかけることは
思いを注ぐこと
愛の目減りには
手間ふりかけ
今だけ増量

外側ふんわり
内側じんわり
口当たり
人当たりの
心地よさ

若さは
落ち着きをみせ
老いは
落ち着かない
急に目に来た

してもしなくても
変わらない
って褒め言葉にも
映えないにもとれる
お化粧

遠慮と犠牲は
五右衛門風呂に
沈める板のごとし
恐る恐る様子見る
湯加減に似て

「無理」のひとこと
できるけど
したくないを察した
ざわつく
埃を払われた感触

やかんの湯気
いろりの火
車座に囲み
夫々の想いくべて
時計もほろ酔い

会いたい
会いたい
言い合えば
くべられた薪のよう
言葉は消し炭になって

距離じゃない
時間じゃない
誰かと
通じあえると
力が生まれる

ズバッと
単刀直入が苦手
言葉が厚着
つまびらかに
伝えたくて

弾丸トークで
やり込めたから
ごめんね　は　もう遅く
早合点で
気まずさの重ね着

妥協
↓協力の
しりとりを
今日も模索
している

動かせ
カラダ
くたくたの
ココロが
休みに入るから

罅ワレタ
関ワリ
ソレハソレデ
受け入れれば糊
罅も味わい人の器

年下の人に貫録感じるたび
私の中身の貧しさが
目につくこの頃
あり合わせばかりでは
ダメだなと

傷を受けても
それをほかのものに
変えてしまう強さが
水に流すということ
深いところで流れる川のように

嘘の
入口か出口に
気付かないふりがある
ゆるぎないマンネリを
保つための

まるでエスカレーター
小さく小さく
畳まれているのに
出てくると立体化する
後悔

だってずーっと
まわりに笑うものが
いないから
バカになって
ピエロになるしか

頬に
乗れなかった涙が
踝に溜まっている
泣きたくても泣けなかった日の
ふんばりを支えて

五行歌集『踝になみだ』跋

ウイットでどこまでやれるか

草壁焰太

「こういう構成になります」と歌集の形が送られてきて、初めて全体を見通したときの驚きが忘れられない。全体が完璧だった。

私は歌の条件の一つとして、「いままでに見たことのないもので感動させる」ものと言っているが、彼女の集はそれで成っている。その歌のどれにも、新しいものの見方と表現があり、しかもよくわかる。冒頭の「地球見回り隊」からあげると、

波しぶきの先端が
シュワッと
集まったみたいな
生しらす
海からの春予報

まだかな
まだかなって
風の縫い目に
つぼみたち
ほころぶ

枝を離れて
水面（みなも）でふたたび
くれないの息づかい
もみじ
一葉

グー
チョキ
パー
と
綻ぶ若葉

こういう頭のよさは、どんなものかと思うが、彼女のまえがきを読むと、体にいくつもの目があるという感じである。体の各部分にも目があり、脳があるという感じだ。そう思うと、この驚異的な発想の自由さも納得できる。しかし、誰かが試みても、模倣は不可能であろう。

それは、感覚細胞の違いのようなものかもしれない。また、その違いは言葉の調にもある。秋葉さんといえば、「ましたん五行歌」で有名である。

うなだれてる君の
背中押して
ついでに
押し倒しちゃい
ましたん

『鎖骨の水溜り』（文芸社）

これを見たとき、私は自分の予想していた五行歌を完全に破られたと思ったものだが、この歌にも見るコケティッシュで、ちょっと甘えた感じの、女性のカタコト風の言葉の調が独特で、この発想力はこの調にも乗っている。優れた感覚と頭の機転を運ぶのがこの調である。

彼女自身はこの「ましたん」があまりにも有名になって、いやなレッテルと思っているようだが、この発想の多様さを運ぶ動力のようなものと言うことができる。それが自由の源である。

しかし、結婚して、生活して、…人生を過ごすうちに、彼女のテーマにも大きな変化があった。当然である。ウイットと明るさとコケットリーで毎日を楽しく運ぶための、戦いが厳しくなった。

今度の歌集は第一歌集の『鎖骨の水溜り』と比べて、生活の側面が多く入り、秋葉澪の世界にも所帯が入ってきた。なみだも入ってきた。

さらに、実の母の介護をするという人生最大の試練も入ってきた。


その章題は「介護は／メリーゴーランド」という。

倒れる前に煮上がった　オモシロ半分
母の金時豆を　介護も

夫婦も
切羽詰まっている時ほど
おどけて茶化して（(笑)）を

三年がかりで取り戻した
杖歩行と
言える単語
ふたたびふりだしの母
可哀想と父が泣く

一粒一粒
泣きながら
食べる

脳内が
飛び出す絵本みたい
未使用ブブンの
トレーニングで
言葉を思い出す母

私は彼女の調ですべてがうまく行き、彼女の歌がいつまでも最高の明るさであってほしいと思っていたが、それは無理というものだった。彼女の歌にも深みがなければならなくなった。もともとこの調は、強さがなくては続けられないものではあるが、それだけでもすまなくなってくるのが人生である。

自由奔放は、かならずチェックを受け、声を呑むときがくる。それでも彼女は明るく処理しようと努めるが、そういう自分の明るさを道化と思い、道化の笑の下に隠したなみだが踝に溜まっていると感じる。

頬に
乗れなかった泪が
踝に溜まっている
泣きたくても泣けなかった日の
ふんばりを支えて

秋葉 澪 (あきば みお)

東京都生まれ

1999年より所沢歌会参加

2001年 五行歌の会入会

五行歌の会同人

著書に「五行歌集　鎖骨の水溜り」(文芸社)

五行歌集　踝になみだ

著　者　秋葉　澪

発行人　三好清明

発行所　株式会社市井社

東京都新宿区市谷田町三—一九川辺ビル一階

〒一六二—〇八四三　TEL〇三(三二六七)七六〇一

印刷・製本　創栄図書印刷株式会社

第一刷　二〇一五年十一月十九日

定価はカバーに表示してあります。

ISBN978-4-88208-138-8　C0092